불평자가 점점 늘어나
몹시 곤란해진 동물 경찰

● 불평자들이 너무 많아서 동물 경찰도 가만히 있을 수 없나 봅니다.

⑭ 체포되다!

하라 유타카 글·그림

조로리는
지명 수배
포스터를
기념으로
여러 장
뜯어
가지고
가기로
했습니다.

경찰관 두 명이 나타나 조로리에게
수갑을 채웠습니다.
"경찰이 붙인 포스터를
떼어 내다니, 겁도 없는
좀도둑 녀석이로구나!"

"뭐, 좀도둑이라고?"
이시시가 화를 내며
달려갔습니다.
"이분이 누구신지 아느냐?
악당 중의 악당, 장난천재
쾌걸 조로리 님이시라고!"
조로리는 으쓱하더니
"그렇고말고. 이 몸의 정체를
알면 놀라서 오줌을
싸고 말걸."이라고 말하고

우쭐대며
쾌걸 조로리로
변신했습니다.

"어렵쇼? 이 포스터에 있는
녀석과 똑같은데?"

"성공했다, 짝꿍아!
우리가 대단한 업적을 세운 거야!"

뭐, 뭐하는
짓이냐?

기뻐서 흥분한 두 경찰은

그대로 조로리 일행을

미니 미니 경찰차에 묶어

빠른 속도로 경찰서에

데리고 갔습니다.

쾌걸 조로리 체포되다!

뻔뻔스러운 쾌걸 조로리

악명 높은 장난천재가 싱겁게 체포되다!

장난천재, 악당 중의 악당이라고 자기 입으로 말하는 쾌걸 조로리(109세)가 자신의 지명 수배 포스터를 떼고 있을 때, 미니 미니 경찰차로 순찰 중이던 경찰관 두 명에게 체포되었다. 너무나 쉽게 체포되어 조로리 본인이 가장 충격을 받았다고 한다.

<독점 취재> 조로리 인터뷰

"이렇게 쉽게 체포되어 팬 여러분들을 실망시켜 드려서 죄송한 마음 금할 길이 없습니다. 이것을 바로잡기 위해 하루빨리 교도소를 탈출해 '역시 조로리구나'라는 말이 나오도록 하겠습니다. 기대해 주세요!" 하며 지금까지 저지른 여러 행동에 대해 반성하지 않고 뻔뻔스러운 태도를 보였다.

큰 업적을 세운 두 명의 경찰, 나란히 경감으로 진급

쾌걸 조로리를 체포한 것은 이 지역을 담당하는 치포리 씨(28)와 토포루 씨(28). 조로리를 처음 봤을 때 "아, 이 녀석은 쾌걸 조로리구나 하는 생각이 들었습니다."라고 치포리 씨는 말했다. "심하게 저항을 해서 체포하는 데 힘이 들었지만 치열한 격투 끝에 체포했습니다. 지금 생각해도 우리는 멋졌습니다."라고 토포루 씨는 말했다. 이 업적을 누구에게 알리고 싶은가 하는 질문에 둘 다 "고향에 계신 어머니, 아버지입니다."라고 기쁜 표정으로 말했다.

이 둘은 경찰총장상을 타면서 나란히 경감으로 승진되었다. 이 일을 계기로 둘은 "앞으로도 범죄 예방과 평화로운 세상을 만들기 위해 온 힘을 다하겠습니다."라고 당차게 말했다.

토포루 씨   치포리 씨

조로리, 탈옥 불가능한 교도소에 5년간 갇힌다.

반성하는 태도가 조금도 보이지 않는 조로리 일행은 5년간 캐릭터 교도소에서 형을 치르게 되었다. 이 교도소는 만화나 어린이용 책에 적합하지 않은 캐릭터를 재교육시키기 위한 감옥이다. 이 교도소를 탈옥하려고 한 캐릭터는 몇 명 있었지만, 철저한 감시 때문에 이제까지 탈옥에 성공한 캐릭터는 없다. 이것이 이 교도소 책임자의 자랑거리이다. 게다가 이 교도소는 구제 불능 상태의 캐릭터를 이 세상에서 없애는 무시무시한 최종 병기가 있다는 소문도 있다.

고메스 교도소장

곰돌이(138회)
하라 이타라

안녕, 갈래야!

우리 같이 놀자!

싫어, 갈래.

왜?

내 이름이 갈래잖아.

헐!

● 조로리가 체포되었을 때 옆에 있던 자칭 부하, 이시시와 노시시도 조로리와 관계가 있을 것으로 파악해 함께 체포했다.

이시시   노시시

◎ <쾌걸 조로리 시리즈>
5년간 휴간 안내

● 여러분도 신문을 읽어 아시는 것처럼 조로리는 감옥에 들어가게 되었습니다. 조로리가 감옥에서 나올 때까지 조로리 시리즈는 발간을 못하게 되었음을 알려 드립니다.

지금까지 나온 조로리 시리즈도 어쩌면 발매 금지가 될 수도 있을 거야.

아직 구입하지 못한 책은 지금 빨리 사 놓으라고!

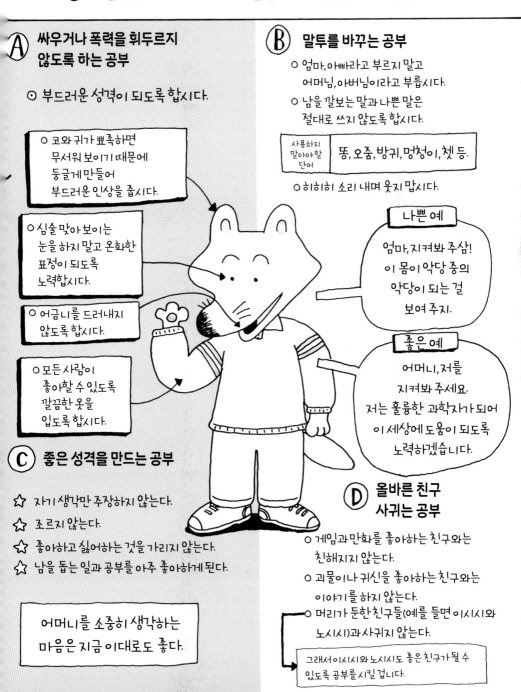

선생님과 엄마, 아빠가 좋아하는
이상적인 조로리는 이런 모습이다!

A) 싸우거나 폭력을 휘두르지 않도록 하는 공부

○ 부드러운 성격이 되도록 합시다.

> ○ 코와 귀가 뾰족하면 무서워 보이기 때문에 둥글게만들어 부드러운 인상을 줍시다.

> ○심술맞아 보이는 눈을 하지 말고 온화한 표정이 되도록 노력합시다.

> ○ 어금니를 드러내지 않도록 합시다.

> ○모든 사람이 좋아할 수 있도록 깔끔한 옷을 입도록 합시다.

C) 좋은 성격을 만드는 공부

☆ 자기 생각만 주장하지 않는다.
☆ 조르지 않는다.
☆ 좋아하고 싫어하는 것을 가리지 않는다.
☆ 남을 돕는 일과 공부를 아주 좋아하게 된다.

> 어머니를 소중히 생각하는 마음은 지금 이대로도 좋다.

B) 말투를 바꾸는 공부

○ 엄마, 아빠라고 부르지 말고 어머님, 아버님이라고 부릅시다.
○ 남을 깔보는 말과 나쁜 말은 절대로 쓰지 않도록 합시다.

사용하지 말아야할 단어	똥, 오줌, 방귀, 멍청이, 쳇 등.

○히히히 소리 내며 웃지 맙시다.

나쁜 예
엄마, 지켜봐 주삼! 이 몸이 악당 중의 악당이 되는 걸 보여 주지.

좋은 예
어머니, 저를 지켜봐 주세요. 저는 훌륭한 과학자가 되어 이 세상에 도움이 되도록 노력하겠습니다.

D) 올바른 친구 사귀는 공부

○ 게임과 만화를 좋아하는 친구와는 친해지지 않는다.
○ 괴물이나 귀신을 좋아하는 친구와는 이야기를 하지 않는다.
○ 머리가 둔한 친구들(예를 들면 이시시와 노시시)과 사귀지 않는다.

> 그래서 이시시와 노시시도 좋은 친구가 될 수 있도록 공부를 시킬 겁니다.

너희가 이와 같이
아이들에게 모범이
되는 훌륭한 책을
내길 바란다.
알겠나?

장난천재 괴걸 조로리
숙제는 바로바로 끝내자!

조를거리 학교에서 돌아온 조로리는
놀러가기 전에 꼭 숙제를 다합니다.
그래서 언제나 칭찬받습니다.

장난천재 괴걸 조로리
공부가 좋아
(수학편)

$\sqrt{63}$ 54+23=
6×4

o 조로리가 노는 시간을 아까워하며
수학 문제를 풉니다. 마음이 훈훈해지는
이야기.(국어편,바른생활편,영어편도
있습니다.)

장난천재 괴걸 조로리
봉사 활동은
정말 즐거워

부모님께 이 책을 자녀들이
읽는다면 다른 사람을 돕는 일을
아주 좋아하게될 겁니다.

장난천재 괴걸 조로리
정의로운 영웅 조로리맨

읽을거리 정의로운 조로리 덕분에
이 세상이 평화로워지고 처음부터
끝까지 아무런 사건도
일어나지 않는 그림책입니다.

장난천재 괴걸 조로리
게임기 없어도
즐거운 아이

조를거리 조로리가 게임을 좋아하는
아이의 게임기를 빼앗아 갑니다.
아이들은 순식간에 성적이 올라가
조로리에게 고마워합니다.

14

조로리는 그 책을 보고 기분이 나빠졌어요.
'우웩! 저런 책의 주인공이 된다는 건
도저히 참을 수 없는 일이다.
이 몸이 어떻게 해서든 이곳을
빠져나가는 것을 보여 주겠어!'
그렇게 조로리는 마음속 깊이
굳게 맹세했습니다.

우리는
어떤
역할이에유?

나오기는
하는겨?

15

감옥으로 돌아온 조로리는
재빨리 가지고 있는 물건들을
조사해 보았습니다. 여기에서
도망치는 데 필요한
도구가 있을까 찾아보려고
한 것이었습니다.

이 몸이
쾌걸 조로리로
변신했을 때
짐을 놔두고
와 버렸다.
가지고 있는
거라곤 포스터
16장뿐이군.

● 조로리가 떼어낸 포스터는
조로리가 잡혀서 더 이상
필요 없는 탓에 교도 소장한테
16장 전부 받았다.

이시시의 보자기에 들어 있는 물건

가늘게 생긴 폭죽
여름 불꽃놀이 축제 때 쓰고
하나 남겨 두었다.

천 원짜리 라이터
노숙할 때 '불'을
붙이기 위해서 필요하다.

**아이스크림
막대기**
버리지 않고 소중히 간직했지만 이 아이스크림이
판매 중지가 되어서 더 이상
교환해 주지 않는다.

**도토리로
만든 팽이**

조개껍데기
'조개껍데기'라는 말을
들으면 왠지 로맨틱하지만
된장국에 들어있던
'바지락' 껍데기이다.

실팔찌
장난천재 쾌걸 조로리
《이상한 축구팀》 편 때부터
가지고 있었다.

주운 철사
빨래를 말릴 때
사용한다.

빨래집게 여섯 개

부스럭 부스럭

일회용 반창고
자주 다치기 때문에
늘 가지고 다닌다.

미니카
장난천재 쾌걸 조로리 《황금 앵무새의 보물》 편에서
파루에게 받은 미니카다.

노시시의 보자기에 들어 있는 물건

**콜라 뚜껑과
우유병 뚜껑**
쉽게 버릴 수가 없어서.

**도마뱀
꼬랑지 두 개**
도마뱀을 괴롭혔더니
남겨두고 갔다.

검정색 비닐 테이프

마법천자문 카드
여덟 장

화장지
거리에서 나누어
줬다.

장수풍뎅이의 뿔
왠지 강해 보여서 나를
지켜 주는 수호신처럼
여기고 있다.

손거울
차림새는 단정해야
하니까.

부스럭 부스럭

미니카
노시시도 파루에게
받았다.

미라 만두
나중에 먹으려고 남겨 두었는데
어느 순간 미라가 되고 말았다.
버리려고 해도 버릴 수가 없다.

방귀 주사위
《라면 대결》 편에 붙어
있었다. 심심할 때 이걸
가지고 논다.

"후유, 전부 별 도움이 안 되는
것들뿐이로군. 줄칼이라도 있으면
쇠창살을 부수고 밖에
나갈 수 있는데."
조로리가 깊은 한숨을
쉬고 있을 때였습니다.
"우리가 줄칼을 가지고 있는데유."
이시시와 노시시가
동시에 말했습니다.

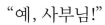 "뭐, 뭣이라고?

왜 그 말을 이제야 해?

이 몸이 망을 볼 테니

그 줄칼로 창살을 잘라라.

빨리!"

"예, 사부님!"

쓱쓱 쓱쓱 쓱쓱 쓱쓱.

감옥에 줄칼질 소리가

낮게 울려 퍼졌습니다.

"쳇, 도망친 녀석이 아무도 없는

감옥이라고? 웃기고 있네.

이 몸에게 불가능이란 없지.

아주 쉽게 쏙 빠져나가

저 교도소장을 화나게 만들어 주마.

히히히."

이제 쇠창살이 뚝 끊어지겠지

생각하며 조로리는

뒤를 돌아보았습니다.

그런데 이게 웬일인가요? 그곳에는
쇠창살이 반짝반짝 빛을 내고 있었습니다.

 "조로리 사부님, 이걸로 쇠창살을
자르려면 30년 정도는 걸리겠는데유."

 "저도 그렇게 생각해유."

"헉, 너희가 가지고 있다는 것이
줄칼이 아니고 사포였단 말이냐?
빨리 말했어야지, 이 멍청이들아!"
조로리는 화가 머리끝까지 났습니다.
 "더 이상 너희에게 맡길 순 없다!"

사포 '금속'이나 '나무' 등을 문지를 때 사용하는 물건이다.

반짝
반짝

쿵

노시시의
돌머리를
마룻바닥에
부딪히게
해서 바닥에
금을 낸
조로리는

반짝
반짝

이
콘크리트를
치우고….

그곳에
구멍을
파기
시작했
습니다.

역시 조로리!

한 시간 정도 팠는데 아주 깊은

구멍이 생겼습니다.

그러나 파낸 흙이

감옥 안에 작은 산처럼 쌓이고

말았습니다.

그때였어요.

뚜벅 뚜벅 뚜벅…….
발소리가 점점
가깝게 들렸습니다.

앗, 위험한데.
조로리 사부님, 교도관이
순찰을 돌고 있어유.
이쪽으로 오는데유.
흙을 어디에 숨기지유?

교도관은 조로리 일행의 방을
살펴보았습니다. 방 안에서
셋은 아무 일도 없다는 듯이
공부를 하고 있었습니다.

교도관은 서둘러 고메스 소장의
방으로 뛰어가 소리쳤습니다.
"큰일났습니다. 조로리 일당이
감옥을 빠져나갔습니다!"

그런데 고메스 소장은 태평하게

의자에 앉은 채 말했습니다.

"걱정할 것 없다. 여기는

어떤 녀석이라도 빠져나갈 수

없는 감옥이라고 했잖아."

그리고는 책상 위에 있는

버튼을 누르자……

천장에서 열여섯 대의
모니터가 내려왔어요.
"봐라, 저기
조로리 일당이
어슬렁거리는 게
보이지?"
고메스는 한 대의
모니터를 손으로
가리키며 말했습니다.

그러고 나서
뒤에 있는
방송용
마이크를
쥐고
말했어요.

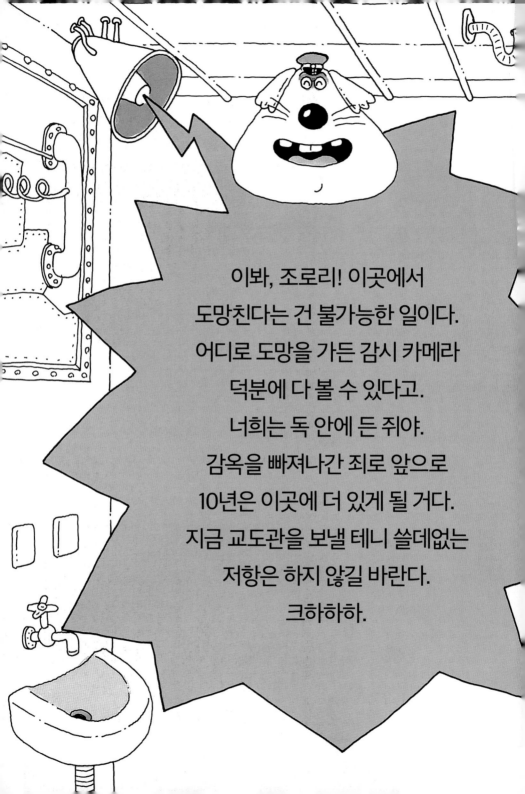

이봐, 조로리! 이곳에서
도망친다는 건 불가능한 일이다.
어디로 도망을 가든 감시 카메라
덕분에 다 볼 수 있다고.
너희는 독 안에 든 쥐야.
감옥을 빠져나간 죄로 앞으로
10년은 이곳에 더 있게 될 거다.
지금 교도관을 보낼 테니 쓸데없는
저항은 하지 않길 바란다.
크하하하.

고메스 목소리가 스피커를
통해 들려왔습니다.
조로리는 억울하다는 듯이
천장에 있는 감시 카메라를
노려봤어요.

쳇!

고메스는 한바탕 웃고 나서
의자를 빙그르 돌려 모니터를
쳐다보았습니다.
"조로리가 어느 방에 있었지?"
그런데 이게 웬일입니까?
모든 모니터에 조로리가
나오는 게 아니겠어요?
"뭐야, 이건. 어떻게 된 거지?
고장 난 건가?"

고메스가 당황하며
스위치를 이쪽저쪽
누르고 당겨 보고
하는데 한 대의
모니터에서 조로리가
말을 했어요.

히히히.
약 오르지?
이 몸을 만만하게
보면 안 되지!
메롱!

39

지명 수배
쾌걸 조로리

이 얼굴을 보신 분은
동물 경찰에 신고해 주세요.

그렇습니다. 조로리 일행은
가지고 있던 16장의 포스터를
감시 카메라 렌즈마다 철사로
매달으며 돌아다녔던 것입니다.

마지막 포스터를 매달고
조로리는 히죽 웃으며 말했어요.
"이제 우리가 어디에 있는지
전혀 모를걸!
자, 도망치자!"

이쪽
이다!

오~!

예~!

다 다 다 다 다

41

찾아라, 찾아! 이 잡듯 샅샅이 뒤져 당장 조로리를 잡아 와라!

교도소의 모든
스피커에서 고메스 소장의
호통치는 목소리가 들려왔어요.
교도관들은 전부 나와 이쪽저쪽
정신없이 뛰어다녔어요.

"후유, 들키지 않아 다행이다."

셋이 잠깐 한숨을 돌리고

있을 때 근처에서 맛있는

카레 냄새가 났습니다.

 "조로리 사부님, 저 방이

틀림없이 이 감옥의

주방일 거예유."

 "그리고 보니 우리

아침부터 아무것도 안 먹었잖아."

조로리가 그렇게 중얼거리자마자

교도소 주방

딱딱딱딱

딱딱딱딱

꾸루루루루루루루.

조로리, 이시시, 노시시의

배에서 한꺼번에

소리가 났어요.

"난 더 이상 못 참겠어유."

노시시가 뛰자

조로리도 이시시도 앞다투어

주방으로 뛰어 들어갔어요.

다행히 음식을 만드는 주방장들도

조로리 일행을 찾으러 나가서

주방은 텅텅 비어 있었습니다.

셋은 갓 지은 밥에 카레를 듬뿍 얹어

각자 일곱 접시씩 먹었어요.

남은 밥은 아까워서 동그랗고 커다란

주먹밥을 만들어

주먹밥이 까맣게 될 때까지
맛김을 덕지덕지 붙였습니다.
"이곳을 빠져나가
나중에 천천히 먹자."
조로리 일행이 주먹밥을 옷 안에
감추며 만족한 듯
빙긋 웃고 있을 때였어요.

덜
커
덩

주방 문이 힘차게 열리더니
소장과 교도관들이 우르르
들어왔습니다.
"크하하, 역시 먹보들이
들르는 곳은 여기였구나."
입구가 막혀 버리자
셋은 서서히 주방 구석으로
몰렸어요.

"으악!"

제일 구석에 있던 이시시가

비명을 질렀습니다.

바닥에 떨어져 있던 바나나 껍질을

밟아 쭈르르 미끄러진 것이었어요.

이때 이시시는 미끄러지면서
벽에 있는 음식물 버리는 구멍에
쏙 빠져버렸어요.
그래서 지하 음식물 쓰레기장으로
떨어지고 말았습니다.

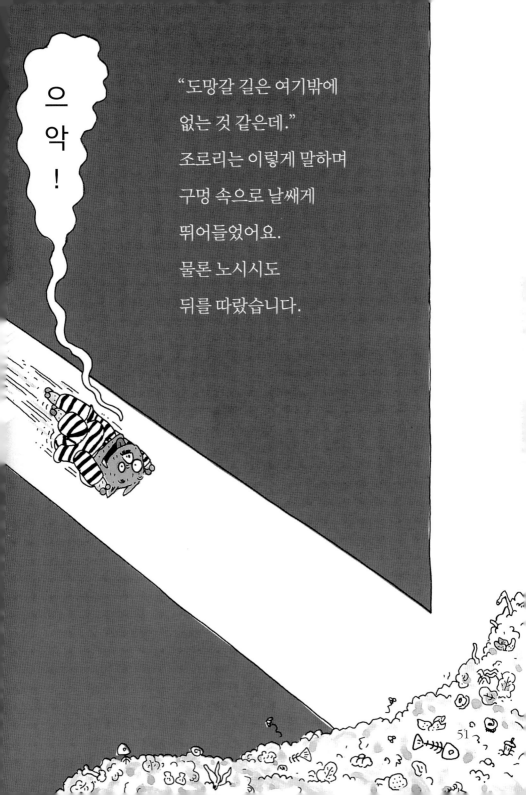

으악！

"도망갈 길은 여기밖에
없는 것 같은데."
조로리는 이렇게 말하며
구멍 속으로 날쌔게
뛰어들었어요.
물론 노시시도
뒤를 따랐습니다.

51

슈우웅!

털썩,

털썩,

털썩!

셋 모두 음식물 쓰레기
더미에 착륙!
이시시는 머리부터
떨어지는 바람에
사과 꼭지가 오른쪽
콧구멍에 푹
박혔습니다.

 "호러리 사브니임,
　　　　조로리　　　사부님,

이거 조옴 배 조유."
이거　　좀　　빼　쥐요.

으윽,
냄새!

"그건 나중에 하자.
교도관들이 오기 전에
빨리 이런 냄새 나는 곳에서
빠져나가자."
조로리 일행이 음식물 쓰레기를
헤치고 헤쳐 겨우 쓰레기
꺼내는 문을 통해 밖으로
나와 보니……

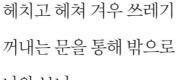

쓰레기 꺼내는 문

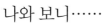

눈앞에는 뾰족한 쇠붙이들이 붙어 있는
어마어마하게 높은 담장이
가로막고 있었습니다.
"히히히. 뭐, 탈출이 불가능하다고?
기가 막히는군. 벽에 이렇게 튀어나온 것이
있는데 벽을 올라가는 건 식은 죽 먹기잖아!

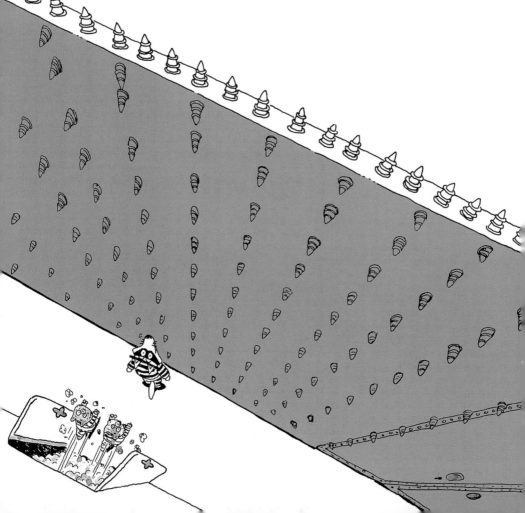

이런 게 있으면 아무리 벽을

높게 만든다고 해도 의미가 없지!"

조로리가 튀어나온 쇠붙이에

발을 디디려고 할 때였어요.

"에엣취!"

엄청난 재채기와 함께

이시시의 코에 박혀 있던

사과 꼭지가 빠져나왔습니다.

그런데
사과 꼭지가
벽에
부딪히자마자
새까맣게
타 버리는 게
아니겠어요?

조로리가 발을 디디려고 했던
그 삼각 기둥은 전류가
흘러나오는 철심이었어요.

크하하하.
놀랬나, 조로리?
그 벽에 조금이라도
몸이 닿으면 10만 볼트의
전류가 흐르지. 조금만 더
다가갔으면 그 사과처럼
되었을 거다.

어느샌가 조로리 일행
뒤에 고메스 소장이
서 있었습니다.
"자, 이제 포기하시지."
소장이 턱으로
사인을 보내자,

교도관 둘이 수갑을 채우러
조로리 일행 쪽으로 달려갔어요.
"오지 마! 더 이상 가까이 오지 마!"
조로리는 배에서 커다란 주먹밥을
꺼내 앞으로 내밀며 말했어요.
"이 폭탄을 봐라! 쉽게 잡힐 바엔
이걸 터트려 너희도 함께 저 세상으로
데리고 갈 테다. 그게 싫다면 어서
문을 열어라!"

이시시, 노시시도 이 모습을 보고
바로 따라 했습니다.

"우리도 하나씩 가지고 있다."

"이렇게 큰 폭탄이 세 개나 있으면
어떤 감옥이라도 산산조각
낼 수 있을 거다!"

소장 일행은 깜짝 놀라 뒷걸음질쳤어요.

자기들의 목숨까지 잃고 싶지는

않았거든요.

"뭘 그렇게 우물쭈물하느냐?"

조로리는 이시시가 가지고 있던

도화선처럼 생긴 폭죽을 주먹밥에

꽂고 불을 붙였어요.

"기, 기다려 줘!

교도관, 빨리 문을

열어라!"

찰칵

끼끼끼이~익

당황한 소장이
소리를 지르자
단단히 닫혀 있던
엄청난 두께의 문이
끼이이이익 소리를 내며
조금씩 열렸어요.

"성공이다!"
노시시가 기쁜 나머지
그만 손뼉을 쳤어요.
그때 폭탄 아니,
주먹밥이 바닥에
떨어지고 말았습니다.
갈라진 주먹밥 사이로
밥알이 흩어져 나와
나뒹굴었어요.

치
지
지
직

뚜욱

소장이
빨갛게 된
얼굴로
소리를
지르자,

뭐, 뭐야! 이건 주먹밥이잖아!
이런 나쁜 녀석들! 나를 가지고
놀았다 이거지. 빨리 문을 닫아라!
더 이상 용서할 수 없다. 이 교도소의
마지막 무기를 보여 주마!

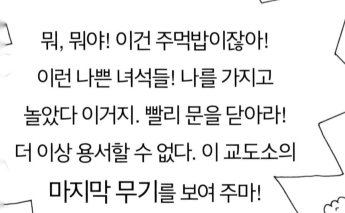

고메스 소장의 비밀 무기
쓱싹쓱싹 제트!

☆
너무나도 무서운
로봇이기때문에
겉모습만이라도
아이로
만들었다.

잉크가 깨끗이
지워지는 광선.

몸체는 단단한
초합금으로
만들어졌다.

이 가위에 집히면
꼼짝달싹할 수 없다.

여기에
지우고 싶은
캐릭터를
넣는다.

어린이 교육에 좋지 않다고 결정된
만화나 캐릭터를 이 세상에서
흔적도 없이 지워 버리는
무시무시한 기계다. 다시 말하면
캐릭터를 저 세상으로 보내는
기계인 거지. 크하하하.
네 능력을 조로리에게 보여 줘라.

쓱싹쓱싹 제트의

두 눈에서 눈부신 광선이

그러자 이런 일이 벌어졌습니다.

인쇄된 글자가

순식간에

정말 무시무시한 로봇입니다.

쓱싹쓱싹 제트의

두 눈에서 눈부신 광선이

발사되었습니다.

그러자 이런 일이 벌어졌습니다.

인쇄된 글자가

순식간에 지워졌어요.

정말 무시무시한 로봇입니다.

주의

**윗 문장을
바로 쓰면
옆의 문장과
같습니다.**

사과문

로봇이 잉크를 지워버려
읽기 힘든 부분이 있는 것을 사과드립니다.

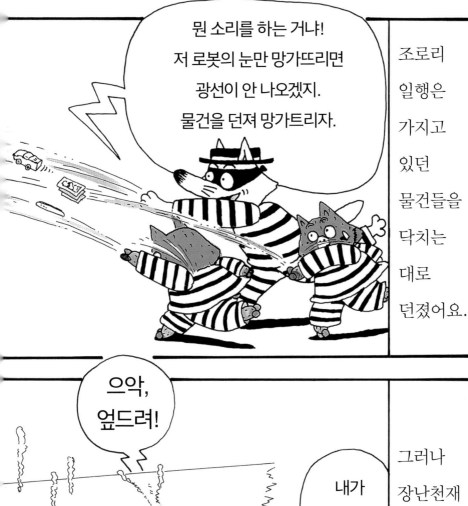

이봐, 어린이 여러분.
이럴 때 영리한 주인공은
어떻게 하는지 알고 있나?
거울을 이용해서 광선을
반사시키는 거지.
많은 사람이 아는
사실이니 친구들도
기억하길
바란다. 히히히.

"노시시, 너 분명히
거울을 가지고 있지?
지금 그걸 쓰는 거야."
조로리가 말했습니다.
"예, 사부님."
노시시는 보자기에서
거울을 꺼내……

쓱싹쓱싹 제트를 향해 던졌습니다.

"아니야, 그게 아니라고!

빛을 반사시키려고 했는데."

조로리가 소리를 질렀지만

이미 때는 늦었습니다.

거울은 쓱싹쓱싹 제트의

초합금 몸에 맞았습니다.

그리고 산산조각이 나서

흩어져 버리고 말았어요.

이제 더 이상 방법이 없습니다.

로봇은 조로리를 향해

예리하고 무서운 광선을

발사했습니다.

비비비비비비비비.

쾅 나랑

조로리는
광선을
피해
다니면서도
뭔가 또
좋은
생각이
떠오른 것
같습니다.

① 이봐, 이시시, 노시시!

엄마야!

으악

② 이 몸이 도망다니는 사이에

③ 너희가 가지고 있는 사포로

켁

허걱

④ 그 커다란 문을

72

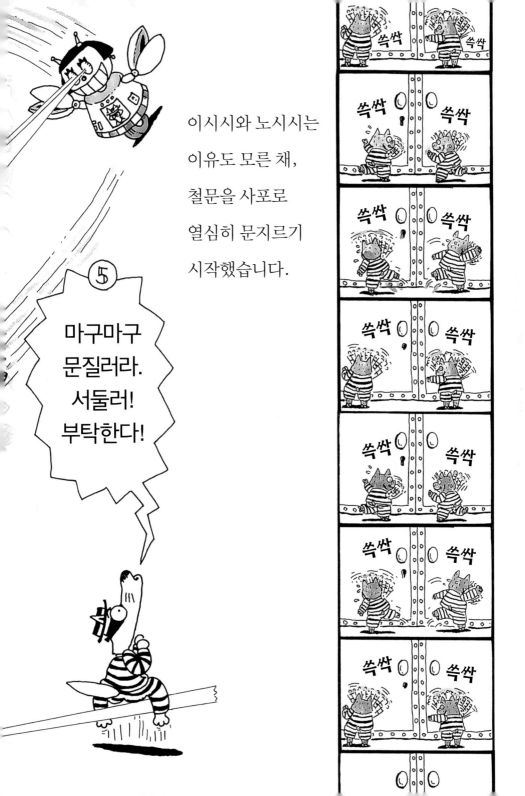

이시시와 노시시는
이유도 모른 채,
철문을 사포로
열심히 문지르기
시작했습니다.

⑤

마구마구
문질러라.
서둘러!
부탁한다!

조로리는 이쪽으로 훌쩍, 저쪽으로 폴짝

생쥐처럼 잘도 도망쳤어요.

하지만 결국 숨이 차고, 다리가 무거워져서

더 이상 도망칠 힘이 없었습니다.

간신히 이시시, 노시시가 있는

철문 쪽으로 돌아왔을 때였어요.

비비비비비.
조로리가 자랑스럽게
여기는 높은 코끝에
광선이
지나갔습니다.

으악!
이시시, 노시시,
어떻게 됐냐?
철문은 다
문질렀냐?

쓱싹
쓱싹

쓱싹
쓱싹

조로리가 이시시와 노시시를

끌어안고 넘어진 바로 그 위로

광선이 지나갔어요.

거기는 이시시, 노시시가

열심히 사포질을 해서

철문이 반짝반짝했어요.

마치 커다란
거울처럼 눈부시게
빛났습니다.

반짝 반짝

성공이야!
잘했다!
광선이
반사되었어.

77

로봇의 몸통만
쏙 사라졌어요.

반사된 광선이
로봇의 배에 닿자

머리만 남은 로봇은
아무 데나 광선을
발사했습니다.

로봇이
모든 에너지를
써 버렸을
즈음에는……

으윽,
다 지워지고
말았어! 으앙.

모든
페이지가
이러면 일하기
편할 텐데.

하라 유타카

조로리 사부님,
코는 괜찮아유?

조로리 일행은 새하얗게 된
종이 위를 느긋하게 걸어서
종이 밖으로 사라졌습니다.
고메스 소장은 그 뒷모습을
그저 바라보고만 있었어요.
지금 조로리를 잡아도
가둘 감옥이 없기
때문이었지요.

......

● 긴급 뉴스 ●

여러분,
쾌걸 조로리가
교도소를
탈출했습니다.

하지만 안심하십시오.
"조로리를 잡을 수 있는 것은
우리밖에 없습니다."라고
두 명의 경감이 자신 있게 말했습니다.
잠시 두 경감의 이야기를
들어 보겠습니다.

아나운서

저희는 조로리를 한 번
체포한 경험이 있습니다.
그 경험을 살려
반드시 조로리를
체포하겠습니다.

포스터도 다시 만들어
전국에 지명 수배를 해
놓았습니다. 여러분의 협조를
부탁드립니다.

지명 수배
장난천재
쾌걸 조로리

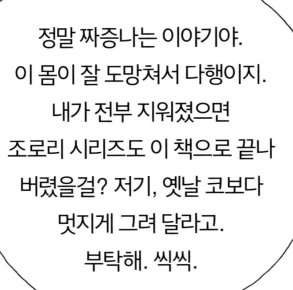

정말 짜증나는 이야기야.
이 몸이 잘 도망쳐서 다행이지.
내가 전부 지워졌으면
조로리 시리즈도 이 책으로 끝나
버렸을걸? 저기, 옛날 코보다
멋지게 그려 달라고.
부탁해. 씩씩.

조로리는
지워진
코끝을
고치러
갔습니다.

앗,
조로리 사부님.
이번 코가
옛날 코보다
훨씬 멋져유.

85

글쓴이 소개

하라 유타카 (原ゆたか)

1953년 구마모토 현에서 태어났다.

1974년 KFS콘테스트 고단샤 아동도서부문상 수상.

주요 작품으로는 《자그마한 숲》,《마탄은 마사오군》,

《장갑 로켓의 우주 탐험》,《나의 보물 나막신》,《푸우의 심부름》,

《내 것도 아빠 것처럼 되는 걸까?》,《시금치맨》 시리즈 등이 있다.

옮긴이 소개

오용택 (吳龍澤)

일본대학교 예술학부 방송학과를 졸업하고 중앙대학교 신문방송대학원을

졸업했다. 현재 중앙대학교 외국어아카데미에서 일본어를 강의했다.

그 외 카피라이터로 활동 중이며 아이들을 위한 좋은 책을 기획, 번역하고

있다. 옮긴 책으로는 《건강한 삶, 건강한 기업》 등이 있다.

글·그림 하라 유타카
옮김 오용택

개정판 1쇄 인쇄 2024년 12월 1일
개정판 1쇄 발행 2024년 12월 11일

펴낸이 김영곤 **펴낸곳** (주)북이십일 을파소
기획편집 이장건 김의헌 박예진 박고은 서문혜진 김혜지 이지현
아동마케팅 장철용 양슬기 명인수 손용우 최윤아 송혜수 이주은
영업 변유경 김영남 강경남 황성진 김도연 권채영 전연우 최유성
해외기획 최연순 소은선 홍희정
디자인 임민지 **제작** 이영민 권경민

출판등록 2000년 5월 6일 제406-2003-061호
주소 (우 10881) 경기도 파주시 회동길 201(문발동)
연락처 031-955-2100(대표) 031-955-2109(기획편집)
팩스 031-955-2122 **홈페이지** www.book21.com

ISBN 979-11-7117-735-6 74830
ISBN 979-11-7117-605-2 (세트)

다양한 SNS 채널에서 아울북과 을파소의 더 많은 이야기를 만나세요.

인스타그램 @owlbook21   페이스북 @owlbook21   네이버카페 owlbook21   네이버포스트 아울북 and 을파소

• 제조자명 : (주)북이십일
• 주소 및 전화번호 : 경기도 파주시 회동길 201(문발동) / 031-955-2100
• 제조연월 : 2024.12.
• 제조국명 : 대한민국
• 사용연령 : 8세 이상 어린이 제품

하라 선생님의 축하 인사말

韓国のみなさん、原作者の原ゆたかです。
ぼくは次々とページをめくりたくなるような
楽しい子どもの本を作りたくて
「かいけつゾロリ」を書きはじめました。
日本では、本を読むのがにがてだった子どもたちも
読んでくれるようになりました。
ぜひ、韓国のみなさんにも楽しんでもらえると
うれしいです。よろしくね。

한국 어린이 여러분, 안녕하세요.

《장난천재 쾌걸 조로리 시리즈》작가 하라 유타카입니다.

저는 어린이들이 계속 보고 싶어 하는

재미있는 책을 만들고 싶어서

《장난천재 쾌걸 조로리》를 쓰기 시작했습니다.

일본에서는 책읽기를 싫어하던 어린이들도

이 책을 읽은 후부터 다른 책도 읽게 되었다고 합니다.

한국 어린이들도 꼭 재미있게 읽어 주면 좋겠습니다. 잘 부탁해요.

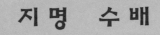

장난천재
쾌걸 조로리

뽀족한 귀

옆모습

앞모습

날카로운 눈

높은 코

전신

ZORORI

이시시 · 노시시

•항상 조로리와 꼭 붙어다니는 멧돼지 형제

☆ 이 얼굴을 아시는 분들은 즉시 동물 경찰서 을파소 방범대 앞으로 엽서를 보내 주십시오.

〈예1〉 저는 편의점에서 양파 절임을 훔치려고 하는 조로리를 발견했습니다. 나쁜 행동이라고 생각합니다. 빨리 잡아주세요.(김철호 6세)

〈예2〉 제가 가지고 있던 막대 사탕을 조로리가 네번이나 빨아먹었습니다. 더러워서 빚어 먹었습니다. 정말 열 받습니다.(오민식 4세)

동물 경찰서 을파소 방범대 경기도 파주시 회동길 201(문발동) 북이십일 을파소(우편번호 10881)

이 페이지에 있는 것이 위조지폐입니다.

최근엔 위조지폐도 진짜 지폐와 거의 구별되지 않을 만큼 잘 만듭니다.

아래 위조지폐를 잘 보면 진짜 지폐와 다른 곳이 **다섯** 군데나

있습니다.

어디가 다른지 한번 찾아보세요. (답은 책뒷면지)

동물 은행 오만 원권 (위조지폐)

장난천재 쾌걸 조로리

하라 유타카 글·그림

☆ 이 작품은 지어낸 이야기로 실제 신문, 단체, 사건과는 전혀 관련이 없습니다.

감자를 배불리 먹은
조로리와 이시시가
신이 나서 노래를 부르고 있었어요.
그때 노시시는 뒤돌아 앉아
말없이 뭔가를 만들고 있었습니다.
"야! 노시시, 뭐해?"
조로리가 묻자
노시시는

"감자 도장
만들고
있는디유.
감·자·
도·장!"
"감자 도장
이라고?"

감자 도장 만드는 법

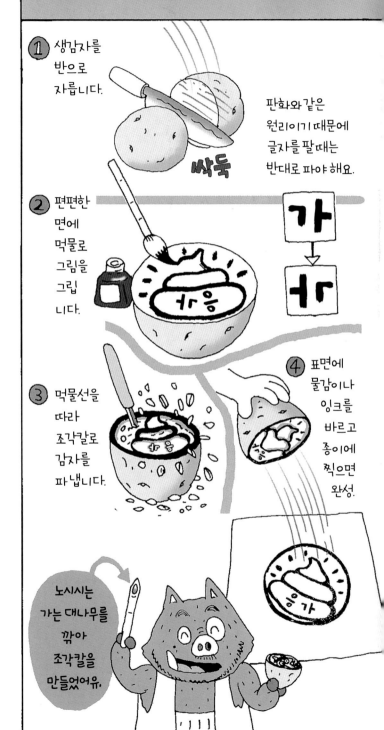

① 생감자를
반으로
자릅니다.

판화와 같은
원리이기 때문에
글자를 팔때는
반대로 파야 해요.

싹둑

② 편편한
면에
먹물로
그림을
그립
니다.

가
↓
ᅡ

③ 먹물선을
따라
조각칼로
감자를
파냅니다.

④ 표면에
물감이나
잉크를
바르고
종이에
찍으면
완성.

노시시는
가는 대나무를
깎아
조각칼을
만들었어유.

"그런데 노시시, 뭘 판 거야? 보여 줘!"

"헤헤헤. 그럼 바로 작품을 보여 드릴게유."

노시시는 감자에 잉크를 잔뜩 바르고

종이 위에 꾹 눌렀습니다.

짜자ー잔!

감자 도장을 떼자 종이에는

조로리의 검은 얼굴이 찍혔습니다.

 "와, 노시시.

너는 예술적 재능이 대단하구나.

정말 잘 만들었다."

 "조로리 사부님이 모두가 깜짝 놀랄 일을 한

다음엔 항상 사인을 남겼잖아유.

이젠 사인 대신에 이 감자 도장을

찍는 게 어떨까유?”

“음, 그거 좋은 생각이네.

사인하는 수고도 덜 수 있고,

이 몸의 얼굴이 찍혀 있으니까

누구나 장난천재 조로리 님이

다녀갔다는 것을 금방 알 테지!

정말 마음에 드는데!”

조로리는
당장
감자 도장을
찍어 보고
싶었습니다.
그래서
이런 생각을
했습니다.

① 환한 대낮에 당당히 은행을 턴다.

② 대담한 수법에 사람들은 무서워 벌벌 떨고, 범인이 누구인지 알고 싶어한다.

다음 날
아침,
은행은
사람들로
붐볐습니다.

오늘이 월급날인가?
다들 돈을 찾으러
온 모양이지? 그렇다면
평소보다 은행에
돈이 많겠군.
히히히!

조로리는 안주머니에 손을 넣고
권총을 꽉 쥐었습니다.
그건 바로 감자를 권총 모양으로 깎아
검정 잉크를 칠한 것이었습니다.

저벅, 저벅, 저벅.

셋은 은행 창구로 가서

아가씨에게 작은 목소리로 말했어요.

"이봐, 이 자루에 돈다발을 가득 담아!

내 말대로 하지 않으면 이 권총으로……."

라고 말할 때였습니다.

손님,
차례를
지켜 주세요.
번호표를 뽑고
순서가
될 때까지
기다리세요!

아,
그래?
난 몰랐지.

은행 직원에게 혼이 났습니다.

주변에 있던 손님들도

조로리 일행을 무섭게 노려보았습니다.

"맞아요, 맞아! 우리도 지금

몇 시간째 기다리고 있다고!"

"아이고, 죄송합니다."

셋은 마지못해 번호표를 뽑았습니다.

65번이었습니다.

창구 번호판을 보니 12번 차례였습니다.

"으아~아, 쉰세 명이나 기다려야 하는 거야?"

셋은 은행 소파에 앉아

잡지와 만화를 읽었습니다.

그런데 새벽까지

감자 권총을 만든 탓에

퇴직연금
편안한 노후

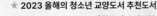

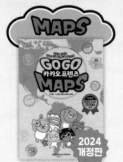

상상력을 높이는 카카오프렌즈 창작동화

소원요정 춘식이 with 라이언

**대한민국 대표 캐릭터 카카오프렌즈 춘식이의
첫 번째 어린이 판타지 동화!**

**대한민국 대표 명랑 순정 만화가, 김나경 작가가 그리는
어디로 튈지 모르는 '소원 요정' 춘식이와 라이언의 귀여운 스토리를 만나세요!**

신간

**춘식이에게 소원 빌러 가기
(내가 빈 소원을 춘식이가
들어줄 수도 있어요!)**

교보문고, 예스24, 알라딘 등
온라인 서점 및 전국 오프라인 서점에서
2024년 12월 18일부터 만나실 수 있습니다.

〈소원 요정 춘식이 with 라이언〉
시리즈는 계속됩니다.

눈꺼풀이 점점 무거워져

결국 셋은 깊이

잠들고 말았습니다.

"손님, 손님. 은행 문 닫을 시간입니다.

일어나세요."

은행 직원이 몸을 흔들며 깨우자

조로리 일행은 졸린 눈으로 번호표를

보여 주었습니다.

"저런 저런! 이걸 어쩌나.

이 번호는 한참 전에 지났는데요.

죄송합니다만 내일 다시 와 주시겠어요?"

"아, 알겠습니다. 죄송합니다."

조로리 일행은 뭘 하러 은행에 왔는지

까마득히 잊어버리고

침을 닦으며 나왔습니다.

"아, 맞다!

우리는 은행을 털러 간 거잖아!"

셋은 어깨를 축 늘어뜨리고

감자밭으로 돌아왔습니다.

"은행을 털었으면 오늘 밤은 커다란 버거랑

고기를 잔뜩 넣은 카레라이스를

먹을 수 있었을 텐디……."

노시시가 중얼거리자 조로리가 말했어요.

"그런 것보다도 이 몸은

이걸 사용할 기회를 놓쳤다는 게 안타깝군."

조로리는 아쉽다는 듯이 감자 도장을

쳐다보았습니다.

그때 머릿속에 좋은 생각이 떠올랐습니다.

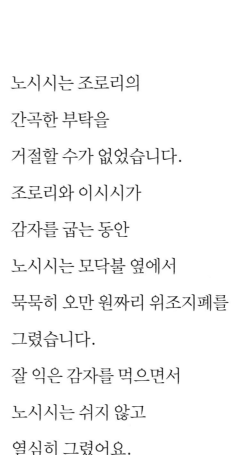

야, 노시시!
너의
예술적 재능을
살려서
오만 원짜리
위조지폐를
그려 주지
않겠니?
부탁한다.

노시시는 조로리의

간곡한 부탁을

거절할 수가 없었습니다.

조로리와 이시시가

감자를 굽는 동안

노시시는 모닥불 옆에서

묵묵히 오만 원짜리 위조지폐를

그렸습니다.

잘 익은 감자를 먹으면서

노시시는 쉬지 않고

열심히 그렸어요.

이제는
감자만
먹으니까
질리는걸.
케첩이나
마요네즈가
있으면
진짜 맛있을
텐데….

조로리가 그런
배부른 소리나 하고
있을 때였습니다.
"저, 조로리 사부님,
이 정도면 될까유?"
노시시가 다 그린
위조지폐를
내밀었습니다.

"뭐, 뭐야, 이게!"

노시시는 갓난아기들도

가짜라는 걸 눈치챌 정도로 엉망진창인

위조지폐를 들고 있었습니다.

"죄송해유. 오만 원짜리 지폐는

삼 년 전에 우연히 한 번 본 게 다라서유.

아무래도 직접 보지 않고는 그릴 수가 없네유."

"흐음, 그리고 보니 이 몸도 꽤 오랫동안

보지 못했구나."

조로리가 알겠다는 듯이
고개를 끄덕이자
노시시가 말을 이었습니다.
"게다가 검정 잉크만으로는
아무리 잘 그려도
금방 들통날 거예유."
"알았다, 이시시와 내가 어떻게든 해 보마."

다음 날,
조로리는 이시시와 함께
햄버거 가게에서
아르바이트를
시작했습니다.

감자밭으로 돌아온

조로리와 이시시는 오만 원짜리 지폐와

돌아오는 길에 산 열두 색 잉크 세트를

노시시에게 건네주었습니다.

조로리는 히죽 웃으며

햄버거 가게에서 가져 온 일회용 케첩을

품속에서 자랑스럽게 꺼냈습니다.

아르바이트를 해서 피곤한

조로리와 이시시는

케첩을 바른 감자를 잔뜩 먹고 나자

금방 코를 골기 시작했습니다.

이제부터 힘든 것은 노시시입니다.
노시시는 진짜 오만 원짜리 지폐의
작은 무늬까지 하나하나 정성껏
베껴 그렸습니다.

다음 날 아침,
눈이 빨개진
노시시가
조로리에게
위조지폐를
내밀었어요.
조로리는
진짜 지폐와
유심히
비교해 보았습니다.
그러고는 노시시의
어깨를 두드리며
칭찬했습니다.

우아,
정말 잘 그렸구나.
얼굴 부분은
정말 똑같네.
이 몸도
지폐에 얼굴이
들어갈 정도로
유명해지고 싶구나.
히히히.

좋았어!
당장
시험해 보자.
너희에게
맛있는 걸
먹게
해 줄 테니
나를
따라와!

"야호!"
맛있는 걸 먹는다는
생각에 노시시도
힘이 났어요.
위조지폐를 손에 꽉 쥔
조로리가 앞장서서
패밀리 레스토랑으로
뛰어갔습니다.

셋은 먹고 싶던 음식들이 나오자

순식간에 먹어 치웠습니다.

 "끄윽, 어떠냐? 이제 배가 부르지?"

"네, 배가 터질 것 같아유. 후유."

주문한 음식

점보 햄버그 스테이크

피자

만두

미트볼 스파게티

오므라이스

초콜릿 파르페

"자, 드디어 이걸 써 볼 때가
온 것 같구나. 히히히."
조로리는 위조지폐를 꺼내어
펄럭펄럭 흔들었습니다.

주문한 음식

콜라

크림단팥죽

뜨거운 우유

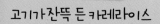
고기가잔뜩 든 카레라이스

푸딩

볶음밥

"사만 구천구백 원입니다."

"생각보다 싸군. 자, 여기."

조로리가 꽉 쥐고 있던 위조지폐를

카운터에 내려놓았어요.

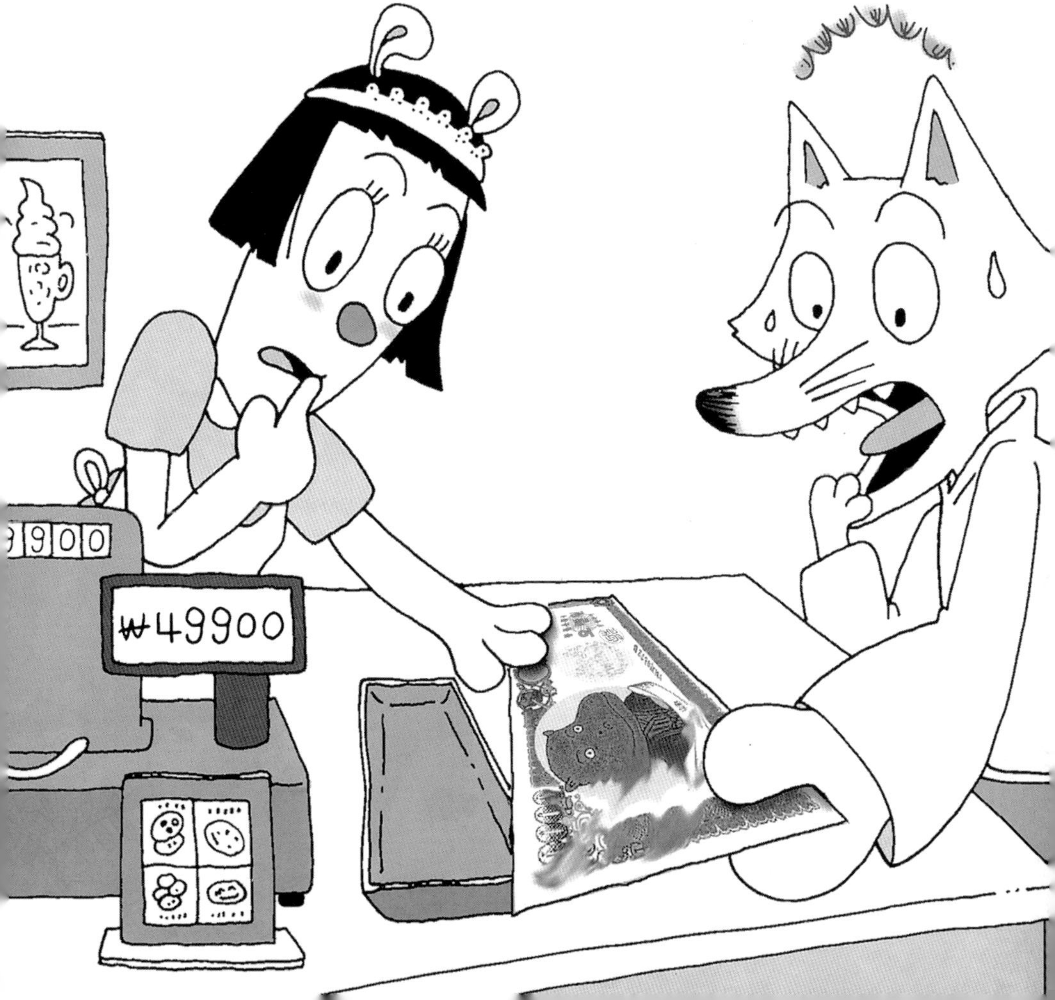

"앗!"

점원은 지폐를 보고 눈이 동그래졌습니다.

조로리도 당황해서 살펴보자

위조지폐는 잉크가 번져 그림이

흐릿해져 있는 게 아니겠어요?

조로리의 손에서 난 땀과 피자 기름 때문에

잉크가 번지고 만 것입니다.

"제, 제기랄, 도망쳐!"

조로리가 소리치자

셋은 가게를 뛰쳐나와 쏜살같이 도망쳤습니다.

다음 날
신문에는
이런
기사가
났습니다.

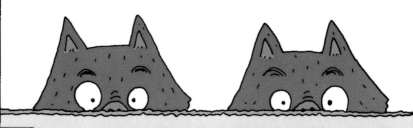

쩨쩨한 조로리
무전취식!

불쌍한 신세가 된 장난천재!
비참한 조로리

어제 점심 무렵, 쾌걸 조로리(113세)와 그의
부하 둘이 패밀리 레스토랑 베니건터스에
나타나 미트볼 스파게티, 고기가 잔뜩 든
카레라이스, 피자, 만두 등 12종류의 음식
을 다 먹어 치우고, 계산대에서 오만 원짜
리 지폐를 건넸는데 잉크가 번져 있었다. 이
상하게 여긴 점원이 경찰에 알리려고 하자
눈치 챈 조로리 일행은 쏜살같이 도망쳤다.

무전취식을 한
비참한 쾌걸 조로리

잉크가 번진 위조지폐

경찰 조사에 따르면 조로리가 두고 간 위조지폐는 손으로 직접 그린 것으로 진짜
와 똑같았지만, 수성 잉크로 그렸기 때문에 손의 땀과 기름 탓에 번진 것으로 보
인다고 한다. 경찰은 중요한 단서를 잡으려고 꼼꼼하게 조사하고 있다.

베니건터스 점원의 증언

이 부분이 확실하게 번져있다.

"처음에는 진짜 지폐인 줄 알았는데
얼굴 부분이 번져 있었습니다."

"어, 어째서 이 몸이 한 짓이라는 걸 알았지?"

"우리가 식탁에 감자 도장을 찍어서

안 게 아닐까유?"

"에휴, 하필이면 이럴 때 감자 도장을 찍다니!

천하의 조로리 님이 무전취식이라…

이제 얼굴도 못 들게 생겼다고."

조로리는 어깨를 축 늘어뜨렸습니다.

잠시 뒤 조로리는 눈을 반짝이며
자리에서 일어서더니 말했습니다.
"일이 이렇게 된 이상
굉장한 일을 벌여서 명예 회복을 해야겠다.
둘은 나를 따라와!"
조로리는 이시시와 노시시를 '조폐공사'로
데리고 갔습니다.
"조로리 사부님! 조폐공사가 뭐예유?"

이 이야기는 조로리 세상에서
꾸며 낸 것으로 실제가 아닙니다.

"히히. 여기는 나라에서 돈을 인쇄하는 공장이다.

위조지폐를 만드는 쩨쩨한 짓은 그만두고

여기서 진짜 돈을 맘껏 가져 가는 거다.

ㅎㅎㅎ!"

그러나 이렇게 중요한 건물은
경비원이 철통같이 지켜서
쉽게 들어갈 수 없습니다.

으흠,
여기에
들어가려면
정보를 모아야겠어.
히히히!
내 솜씨를
발휘할 때가
됐군.

셋은 마치 형사 처럼 주변을 탐문 하고

조폐 공사의 상황을 살폈 습니다.

주변을 살피며

삼 일 동안의
조사 덕분에
다음과 같은 사실을
알아냈습니다.

크크   크크

41

조로리 일행 조사 결과 보고서

하나 조폐공사는 낮에 돈을 인쇄하고 있을 때 특히 경비가 심하다.

둘 조폐공사는 다섯 시 반에 업무가 끝나면 직원들이 모두 퇴근한다.

셋 밤에는 여덟 대의 감시 카메라가 인쇄실을 감시하고 있기 때문에 경비원은 한 명으로 충분한 것 같다

넷 문제가 생겼을 때 경비원이 비상 버튼을 누르면, 십 분 내에 경찰이 출동한다.

조폐공사 경비원

구마다 요수조우
62살
조폐공사
경비원으로
근무한 지 5년

☆ 술을 정말 정말 좋아함.

☆ 귀여워하는 손자가
한 명 있음.

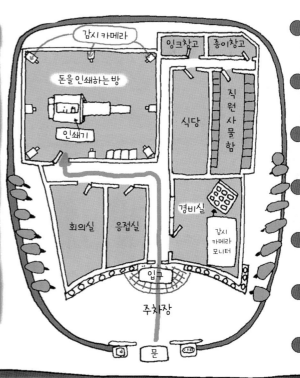

조로리는 조사 결과를 바탕으로
치밀한 작전을 세우고
곧바로 필요한 물건을 사러
갔습니다.

햄버거 가게에서
받은 아르바이트비
오만 원으로
모든 준비를
끝냈습니다.

쾌걸 조로리는
택배 배달원으로 변장했다!

택배 배달원
유니폼

햄버거
가게에서
가져온 케첩이
아직 남아있음.

접히는
포장용 박스
여섯 개

주머니에 들어
있는 잔돈은
겨우 300원

철사

☆ 유니폼, 포장용 박스, 철사는
택배 가게에서 그냥 가져와서 **공짜!**

저녁 무렵, 조폐공사의 직원들이

모두 퇴근하는 것을 지켜본 다음

택배 배달원 유니폼을 입은 조로리가

경비실로 서둘러 갔습니다.

"경비원 할아버지, 손자가 택배를 보냈네요."

"허허, 이렇게 기쁠 수가.

착한 손자가 있어서 행복하군.”

경비원은 품에서 손자 사진을 꺼내 보더니

흐뭇한 미소를 지었습니다.

“뭘 보낸 거지?”

경비원은 서둘러 택배를 뜯어 보았어요.

한 잔이 두 잔, 두 잔이 세 잔,

술을 좋아하는 경비원은 계속 술을 마셨습니다.

기분이 최고입니다.

조로리도 함께 마시는 척하고 맞장구를 쳐 주며

경비원의 주위를 딴 곳으로 돌렸습니다.

그 틈을 타
이시시와 노시시는
몸을 숙이고 경비실 옆을
몰래 지나갔습니다.
그러고는 인쇄실 안으로
들어갔습니다.

이시시와
노시시는
인쇄실에
들어가
감시 카메라
아래에
사다리를 놓고
올라갔습니다.

꼭대기에서
감시 카메라가
비추는
방의 모습을
즉석카메라로
찍었습니다.

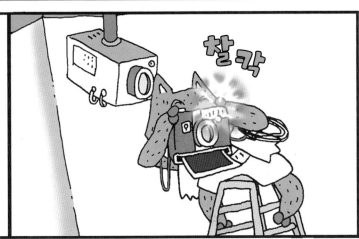

그러고는
감시 카메라
앞에 사진을
걸었습니다.
다른 감시
카메라도
똑같이 사진을
찍어 걸었습니다.

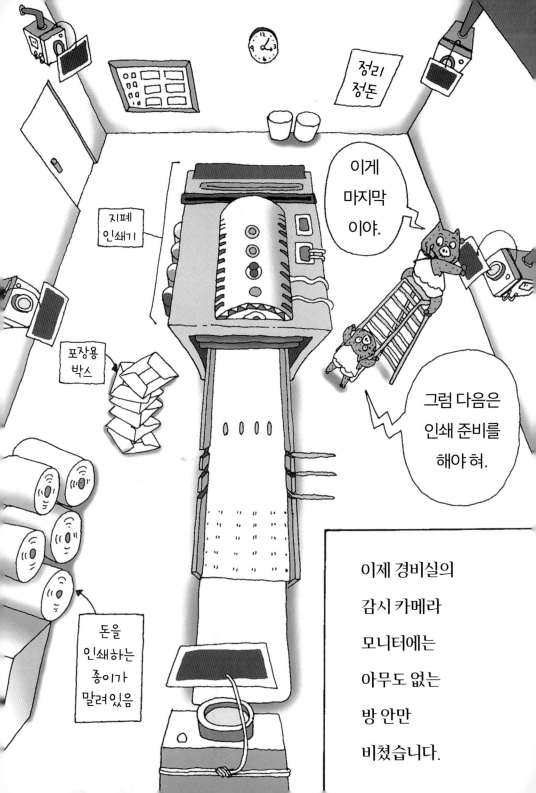

"자, 보세요. 인쇄실에는 아무도 없잖아요.

오늘은 아무 일도 일어나지 않을 거예요.

걱정 말고 한 잔만 더 하세요."

감시 카메라 모니터를
손가락으로 가리키며
조로리가 말했습니다.
"자넨 참 좋은 친구구먼.
내 마음에 드는군. 같이 마시세."
경비원은 술에 취해
눈꺼풀이 점점 무거워졌습니다.
조로리가 담요를 살짝 덮어 주자
경비원 할아버지는 푸푸
낮은 숨소리를 내며 잠들었습니다.
조로리는 이시시와 노시시가 기다리는
인쇄실로 당당히 들어갔습니다.

"조로리 사부님, 기다렸구먼유.

사부님이 좋아하시게

지폐 원판도 준비해 뒀어유.

이제 전원을 켜고 인쇄만 하면 돼유."

종이 롤

※ 원판
인쇄를 하기 위해
필요한판

"아아, 이 녀석들 솜씨가 대단한데.

바로 인쇄를 시작하자."

이시시가 지폐용 특수 종이를 준비하자

노시시가 전원을 켰습니다.

웡웡웡웡
철커덕,
웡웡웡웡
철커덕.
기계가 움직이기
시작했습니다.

와 와 와
와 와 와
와 와

그러자 종이에
돈이 금세 인쇄되어
나왔습니다.
오만 원짜리가
빽빽이 인쇄된
커다란 종이가 계속
쌓여 갔습니다.

59

돈이
인쇄된
종이가
백 장
쌓이자

위에서
커다란
칼이
내려와서
종이를
싹둑싹둑
자릅니다.

한 뭉치를
끈으로
묶으면
오백만 원
한 다발이
되지요.

오백만 원
몇 다발이
바닥으로
툭툭 떨어져
눈앞에
쌓였습니다.

"우와, 이거 끝내주는데?

이제 우리는 억만장자다!"

돈다발은 산처럼 쌓이고

조로리 일행의 욕심도 점점 커졌습니다.

'조금만 더, 조금만 더' 하며

바라보다가

셋은 기계를 멈출 기회를 놓치고

계속 돈을 찍었습니다.

철커덕 철커덕 철커덕 쿠

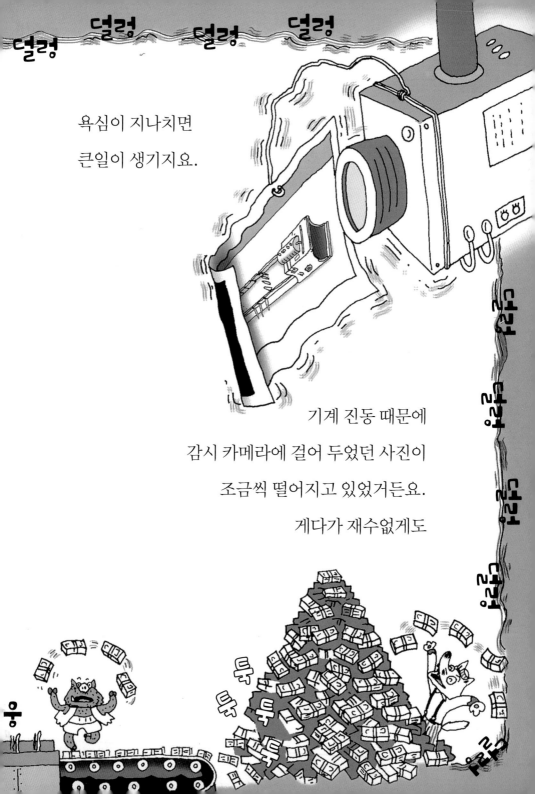

욕심이 지나치면
큰일이 생기지요.

기계 진동 때문에
감시 카메라에 걸어 두었던 사진이
조금씩 떨어지고 있었거든요.
게다가 재수없게도

경비원도
술이 깼습니다.
"으아하,
화장실에
다녀와야겠는걸."
경비원은
자리에서 일어나
우연히 감시 카메라
모니터를 보았습니다.
그러자 인쇄기를
돌리고 있는
누군가의 모습이
보이는 게 아니겠어요?

앗,
큰일 났다.
누, 누군가
침입했다!

깜짝 놀라
비상 버튼을
눌렀습니다.
엥엥엥엥엥엥엥엥!
"큰일 났다!
내가 술을 마시고
깜빡 잠이 들고 말았구나.
경찰이 오려면
십 분 정도 걸릴 텐데…….
이거 야단났네. 들키면 해고야."
경비원은 서둘러
술병과 컵을 치웠습니다.

엥엥엥엥엥엥엥~엥

 "젠장, 들켰구나.

이 몸이 시간을 벌 테니

너희는 상자에 돈다발을 꽉꽉 채워서

저기 있는 수레에 실어 밖으로 옮겨.

알았냐?"

"조로리 사부님, 괜찮으시겠어유?"

"걱정 마라."

조로리는 자신만만하게 가슴을

탕탕 쳤습니다.

철퍼덕!

이런!
케첩이
주머니에
들어 있는지
모르고
쳐 버렸잖아.

일회용 케첩이 터져서
가슴 주변이
빨갛게 물들었습니다.
"에잇, 케첩 얼룩은
잘 지워지지도 않는데."
조로리는 혀를 차면서
경비실로 달려갔습니다.

경비실로 온 조로리를 보고
경비원은 얼굴이 파랗게 질려
말했습니다.
"택배 총각,
내가 술에 취해서 자는 동안
강도에게 총을 맞았구먼.
아아, 나는 경비원 자격이 없어."
아무래도 경비원 할아버지가
케첩 얼룩을
'피'로 잘못 본 것 같아요.

조로리는 그걸 눈치채고

가슴을 움켜쥐며 고통스러운 듯이 말했습니다.

"으으윽, 할아버지 탓이 아닙니다.

술을 권한 저의 탓입니다. 으윽."

"심한 부상을 당하고도 나를 감싸 주다니

정말 착한 친구구먼."

경비원이 눈물을 글썽였습니다.

"술을 마신 건 둘만의 비밀로 해 두시죠."
조로리는 다정하게 말하고
경비원을 꼭 껴안았습니다.
그건 이시시와 노시시가
수레로 돈을 나르는 모습을
들키지 않기 위한 작전이었어요.
"그럼 배달할 물건이 남아 있어서
저는 이만 가겠습니다."

조로리도 이 틈에 도망치려고 하자

경비원이 말렸습니다.

"그런 부상을 당하고 무슨 소리를 하는 건가?

당장 구급차를 부를 테니 기다리게."

그러고는 경비원은 전화를 하러 갔습니다.

　　지금이 기회입니다!

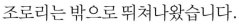

　　조로리는 밖으로 뛰쳐나왔습니다.

그러자
입구에는
막 도착한
경찰차가
사방을
에워싸고
있었습니다.

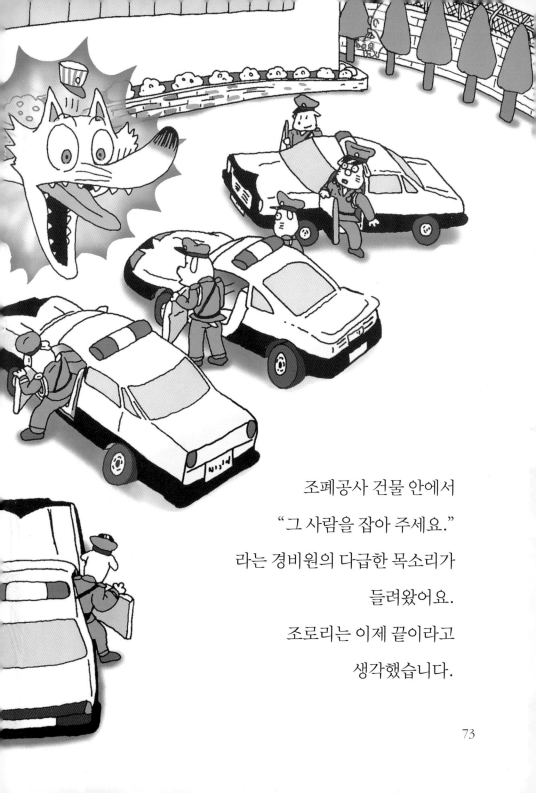

조폐공사 건물 안에서
"그 사람을 잡아 주세요."
라는 경비원의 다급한 목소리가
들려왔어요.
조로리는 이제 끝이라고
생각했습니다.

그런데 급히 뒤따라온 경비원은

조로리에게 다가와 이렇게 말했습니다.

"경찰 나리, 내 말 좀 들어 보세요.

이 택배 총각은 책임감이 강해서

강도에게 총을 맞았는데도

배달이 끝나지 않았다며 일하러 가겠다고

고집을 부리고 있습니다.

일단 병원부터 가도록

설득해 주지 않겠습니까?"

그 말을 들은 조로리는

안심하며 말했습니다.

"이제 한 군데만 배달하면 됩니다.

제발 보내 주세요. 부탁입니다."

조로리는 빨리 이곳을 벗어나고 싶은

마음 뿐이었어요.

그렇게 실랑이를 하는 동안

조로리는

택배 상자를 꼭 껴안고

꼼짝도 하지

않았습니다.

그러자 구급 대원이

난처한 표정으로

말했습니다.

좋은 생각이
있습니다.
당신을 병원에
데려다 준 다음
책임지고
상자를 배달해
드릴게요.

"저, 정말이죠?

그렇다면 탈게요, 탑니다.

빨리 병원으로 가요."

조로리는 후다닥 구급차에 탔어요.

그러더니 갑자기 생각난 것처럼

"아, 맞다. 경찰 아저씨,

저에게 총을 쏜 강도들은

인쇄실로 들어갔어요.

아직 거기 숨어 있을지도 모르겠네요."

라고 말했습니다.

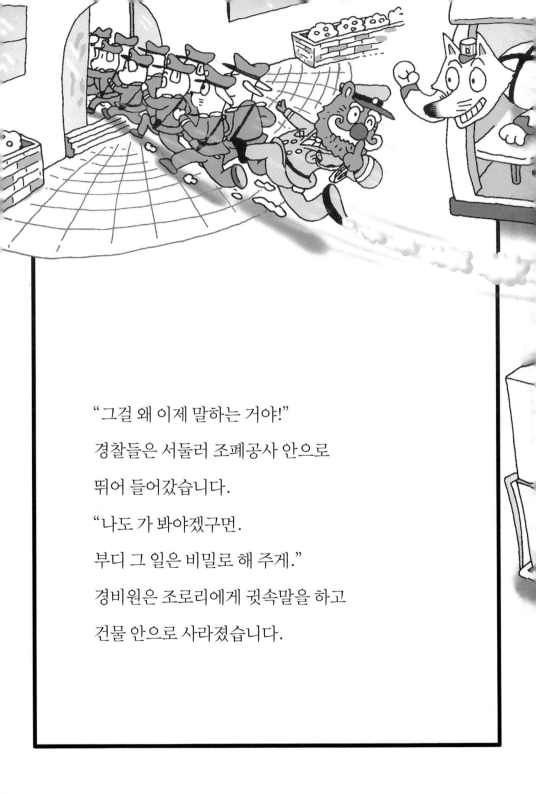

"그걸 왜 이제 말하는 거야!"

경찰들은 서둘러 조폐공사 안으로

뛰어 들어갔습니다.

"나도 가 봐야겠구먼.

부디 그 일은 비밀로 해 주게."

경비원은 조로리에게 귓속말을 하고

건물 안으로 사라졌습니다.

좀,
조심스럽게
날라 주세요.
저한테는
아주 중요한
물건이에요.

조로리가
구급 대원에게
부탁하자
구급 대원은
"우리도 환자를
옮기는 일을 해서
당신 마음을 충분히
이해합니다."
라고 말하며 상자를
힘겹게 차에 실었습니다.

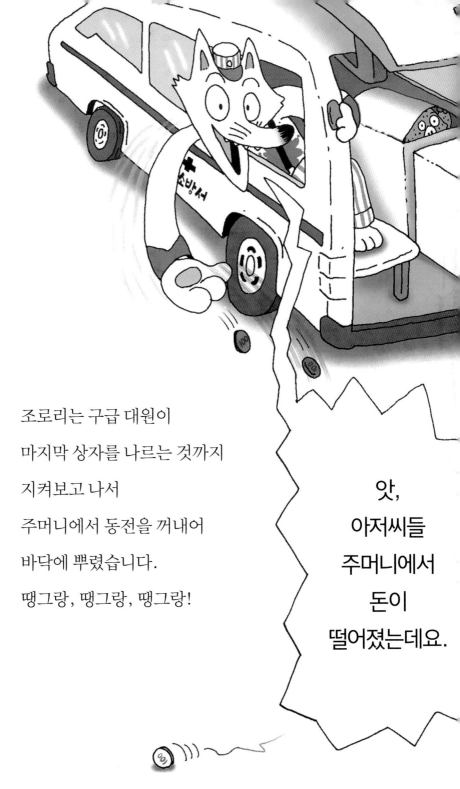

조로리는 구급 대원이
마지막 상자를 나르는 것까지
지켜보고 나서
주머니에서 동전을 꺼내어
바닥에 뿌렸습니다.
땡그랑, 땡그랑, 땡그랑!

앗,
아저씨들
주머니에서
돈이
떨어졌는데요.

어?

구급 대원들은
아무 생각 없이
데굴데굴 굴러가는
동전을 쫓아갔습니다.
"지금이다!
이시시, 노시시!"
조로리가 소리쳤어요.

그러자 상자에서 이시시와 노시시가
튀어나왔습니다.
이시시는 재빨리 운전석에 앉더니
사이렌을 울리며 달렸습니다.

구급 대원은
바닥에 털썩
주저앉은 채
동전을 움켜쥐고

구급차가
멀어지는 것을
멍하니
바라보았습니다.

그 무렵 구급차에서는 조로리 일행이

돈에 파묻혀 신이 났습니다.

 "해냈다!"

 "야호, 이런 일은 장난천재 조로리

사부님 말고는 누구도 흉내 못 낼걸유."

 "암, 그렇고말고.

야! 노시시, 조로리 도장 찍었지?"

"죄송해유.

안타깝지만 이유가 있어서 못 찍었어유."

 "에이, 정말 도움이 안 되는 녀석이라니까."

다른 때 같았으면 조로리가

호통을 쳤을 텐데

산처럼 쌓인 돈 때문에

조로리는 싱글벙글이었어요.

산속으로 도망친 조로리 일행은

눈앞에 쌓인 돈다발을 바라보았습니다.

그리고 갖고 싶은 것들을 떠올렸어요.

정말 행복한 시간이었습니다.

그러나 잠시 뒤
조로리는 지폐에서
보고 싶지 않은 것을
보고야 말았습니다.

상냥하게 웃고 있는

조로리 얼굴이 찍혀 있는 게 아니겠어요!

조로리는 산더미처럼 쌓여 있는

지폐를 모조리 살펴보았지만

조로리 얼굴이 없는 지폐는 한 장도 없었습니다.

조로리가 넋이 나간 얼굴로 서 있는데

노시시가 자랑스러운 듯이 말했습니다.

얇게 잘라서
원판에 붙여
인쇄를 한 거예요.
그렇지, 노시시?

조로리는
이시시와 노시시가
당당한 목소리로 말하는
이야기를 들으며
정신을 잃고
쓰러졌습니다.

한참 뒤, 조로리가
눈을 떴습니다.
조로리의 꿈이던
자신의 얼굴이 찍힌
오만 원짜리 지폐는
안타깝게도
아무런 쓸모가
없었습니다.

쓸 수 없는
돈다발이 이렇게
많이 있습니다.
버리기는 아까우니
이 기회에
여러분에게 나누어
드리겠습니다.

우리가
쓸데없는 짓을
해 버렸구먼.

이것들은
전부 휴지 조각이
되는거?
우리는
조로리 사부님이
기뻐하실 줄
알았는디.

하라 선생님의 축하 인사말

한국 어린이 여러분, 안녕하세요.

《장난천재 쾌걸 조로리》 작가 하라 유타카입니다.

저는 어린이들이 계속 보고 싶어 하는 재미있는 책을 만들고 싶어서

《장난천재 쾌걸 조로리》를 쓰기 시작했습니다.

일본에서는 책읽기를 싫어하던 어린이들도 이 책을 읽기 시작한 후부터

다른 책도 읽게 되었다고 합니다.

한국 어린이들도 꼭 재미있게 읽어 주면 좋겠습니다. 잘 부탁해요.

하라 유타카

글쓴이 소개

하라 유타카 (原ゆたか)

1953년 구마모토 현에서 태어났다.

1974년 KFS콘테스트 고단샤 아동도서부문상 수상.

주요 작품으로는 《자그마한 숲》, 《마탄은 마사오군》, 《장갑 로켓의 우주 탐험》, 《나의 보물 나막신》, 《푸우의 심부름》, 《내 것도 아빠 것처럼 되는 걸까?》, 《시금치맨》 시리즈 등이 있다.

옮긴이 소개

오용택 (吳龍澤)

일본대학교 예술학부 방송학과를 졸업하고 중앙대학교 신문방송대학원을 졸업했다.

중앙대학교 외국어아카데미에서 일본어를 강의했다.

그 외 카피라이터로 활동 중이며 아이들을 위한 좋은 책을 기획, 번역하고 있다. 옮긴 책으로는 《건강한 삶, 건강한 기업》 등이 있다.

쾌걸 조로리가 드리는 선물

☆ 잘못 찍은 위조지폐를 여러분께 3장씩 드립니다.

  이 지폐를 썼다가는 인간 세상은 물론이고 동물 나라에서도 감옥에 갈 수 있으니 조심하세요.

글·그림 하라 유타카
옮김 오용택

개정판 1쇄 인쇄 2024년 12월 1일
개정판 1쇄 발행 2024년 12월 11일

펴낸이 김영곤 **펴낸곳** (주)북이십일 을파소
기획편집 이장건 김의헌 박예진 박고은 서문혜진 김혜지 이지현
아동마케팅 장철용 양슬기 명인수 손용우 최윤아 송혜수 이주은
영업 변유경 김영남 강경남 황성진 김도연 권채영 전연우 최유성
해외기획 최연순 소은선 홍희정
디자인 김단아 **제작** 이영민 권경민

출판등록 2000년 5월 6일 제406-2003-061호
주소 (우 10881) 경기도 파주시 회동길 201(문발동)
연락처 031-955-2100(대표) 031-955-2109(기획편집)
팩스 031-955-2122 **홈페이지** www.book21.com

ISBN 979-11-7117-743-1 74830
ISBN 979-11-7117-605-2(세트)

다양한 SNS 채널에서 아울북과 을파소의 더 많은 이야기를 만나세요.

인스타그램 @owlbook21　페이스북 @owlbook21　네이버카페 owlbook21　네이버포스트 아울북 and 을파소

• 제조자명 : (주)북이십일
• 주소 및 전화번호 : 경기도 파주시 회동길 201(문발동) / 031-955-2100
• 제조연월 : 2024.12.
• 제조국명 : 대한민국
• 사용연령 : 8세 이상 어린이 제품

쾌걸 조로리 조폐공사 침입!

장난천재 쾌걸 조로리, 또 대소동

지난번 무전취식과 위조지폐 사건으로 세상을 떠들썩하게 한 쾌걸 조로리(113세)가 이번에는 조폐공사에 침입해 진짜 오만 원권을 인쇄하려고 했다.

쾌걸 조로리

조로리의 실수

경비원을 속여 인쇄실에 침입한 조로리 일행은 감쪽같이 오만 원권을 인쇄했다. 그러나 몰래 인쇄한 오만 원권에는 조로리의 얼굴이 인쇄되어 있었다. 이 돈은 사용할 수 없고 범인이 누구인지 금방 알 수 있다. 과연 조로리의 의도는 무엇이었을까?

치포리 경감의 한마디

치포리 경감

"이건 분명히 동물 경찰에 대한 도전입니다. 이 사건으로 조로리는 '이 몸은 언제라도 조폐공사에 들어가 돈을 훔칠 수 있다. 어떠냐, 내 실력을 알겠지? 히히히.' 라고 말하고 싶었을 겁니다."

조로리를 체포한 적이 있는 치포리 경감은 날카로운 추리력으로 말했다.

"지금까지 위조지폐범은 많았지만, 조폐공사에서 지폐를 훔치려고 한 것은 쾌걸 조로리밖에 할 수 없는 대담한 행동이다. 동물 경찰은 앞으로도 조로리의 행방에 주의를 기울이겠다."

쾌걸 조로리를 변신시킵시다!

멋지게 변신시켜 줘!

☆ 조로리는 이제 동물 경찰에게 쫓기는 도망자 신세가 되었습니다.
동물 경찰에게 잡히지 않기 위해서는 조로리를 어떻게 변신시켜야 할지 생각해 보세요.

우리 그림을 한 번 보고 여러분도 오른쪽 페이지에 그려 봐유!

우리가 먼저 변신시켜 봤어유.

털을 많게

파마한 수염

귀털

물방울을 그리면 수두 같아서 아무도 접근 하지 않음.

우리 멧돼지와 비슷한 코

아주 두꺼운 눈썹

코를 크게